AF454987

ÉTUDES

SUR

ARISTOPHANE;

PAR M. F.-G. BERTRAND,

Professeur de littérature grecque à la Faculté des Lettres de Caen.

CAEN,

CHEZ A. HARDEL, SUCCESSEUR DE T. CHALOPIN,

IMPRIMEUR DE L'ACADÉMIE.

1840.

ETUDES

SUR

ARISTOPHANE ;

PAR M. F. G. BERTRAND,

Professeur de littérature grecque à la Faculté des Lettres de Caen.

I.

DES IRRÉVÉRENCES DE L'ANCIENNE COMÉDIE GRECQUE ENVERS LES DIEUX.

Ce qui nous frappe dès l'abord, à la lecture des pièces qui nous sont restées de l'ancienne comédie grecque, ce n'est pas seulement ce qui s'y rencontre si fréquemment, dans les situations et dans l'expression, de contraire à nos idées sur les mœurs et la décence : on n'est pas moins surpris de l'irrévérence avec laquelle y sont traités les Dieux du pays ; car elle est telle, qu'elle ressemble à de l'impiété. On se demande comment les compositions d'Aristophane pouvaient être représentées avec faveur devant le même public qui applaudissait aux productions des grands poètes tragiques d'Athènes, dont le caractère était si grave et surtout si éminemment religieux. On s'étonne quand on songe que les représentations dans lesquelles les divinités devenaient des objets de ridicule formaient une partie des fêtes destinées précisément à les honorer. L'étonnement redouble lorsqu'on sait que les Athéniens contemporains d'Aristophane, qui décernaient des prix à ses œuvres, étaient le peuple de la Grèce le plus attaché à ses Dieux : nulle part, en effet, il n'y avait autant de temples et d'autels, autant de prêtres, de prêtresses et de devins, autant de fêtes religieuses ni de si imposantes, que dans l'Attique : les pratiques religieuses s'y mêlaient à presque tous les actes de la vie nationale et privée : les croyances y étaient ferventes, et les accusations d'impiété et de sacrilège y entraînaient le plus souvent, pour les accusés, les peines les plus sévères, et même le dernier supplice. L'histoire dit assez combien les accusations de ce genre étaient à craindre chez les Athéniens : Eschyle, malgré les blessures qu'il avait reçues à Salamine et le succès de ses tragédies parmi le peuple, n'échappa à la mort, pour un vers où l'on crut voir une révélation des mystères, qu'en prouvant qu'il n'était pas initié: Diagoras et Protagoras ne parvinrent à se soustraire au châtiment que par la fuite : Anaxagore ne dut son salut qu'au crédit de Périclès, qui, dans cette circonstance, faillit échouer contre le zèle religieux des Athéniens: Alcibiade fut arraché au commandement de la flotte, au début d'une expédition importante, dont les espérances reposaient particulièrement sur sa personne, sans que l'excessive faveur dont il jouissait auparavant, lui, l'idole d'Athènes, pût balancer l'indignation causée par la mutilation des Hermès : enfin, si Prodicus de Céos et Socrate burent la ciguë, ce fut comme ennemis des Dieux.

Il n'est donc pas étonnant que l'on ait cherché plus d'une fois à concilier des faits également incontestables, existant simultanément, et qui sembleraient pourtant devoir nécessairement s'exclure, c'est-à-dire, d'une part, le caractère religieux, superstitieux, si l'on veut, des Athéniens ; de l'autre, les plaisanteries irrévérentes, impies même, en apparence, dirigées contre les objets du culte, ainsi que les situations grotesques et ridicules où les poètes de l'ancienne comédie grecque faisaient descendre les Dieux sur la scène. C'est parce que les diverses explications que nous avons rencontrées à ce sujet ne nous ont pas paru satisfaisantes, que nous essayons à notre tour de résoudre le problème.

On a cru répondre à la difficulté en disant que tout était permis aux poètes comiques d'Athènes ; que la licence du théâtre autorisait tout, jusqu'à l'athéïsme ; que ce qui faisait rire les Athéniens trouvait toujours grâce à leurs yeux. Mais, en y réfléchissant, on verra que, pour admettre une solution semblable, il faudrait supposer chez les Athéniens une disposition contraire à la nature même de l'homme.

Que, dans une république où la démocratie la plus complète était établie par les institutions et passée dans toutes les habitudes de la vie sociale, la licence du théâtre fût extrême à l'égard des personnages politiques; qu'il n'y eût point de citoyen assez distingué par sa position et ses actions, point de magistratrure assez élevée, pour être à l'abri de la malignité, et que l'élévation même des citoyens en les mettant plus en relief, fût une raison de plus pour attirer sur eux les traits de la critique et de la satire ; rien de plus naturel : plusieurs sociétés modernes, sans avoir une constitution aussi démocratique que celle des Athéniens, nous ont offert et nous offrent encore des faits assez nombreux du même genre, pour que rien ne nous étonne à ce sujet dans Aristophane.

Que la licence de ce poète paraisse extrême aussi, et même révoltante, du côté des mœurs et de la décence, il n'y a rien là d'inexplicable encore. Les opinions reçues à cet égard ne sont pas chez nous les mêmes que chez les Athéniens. Dans ce qui touche aux mœurs et à la décence, il y a trop de choses de convention, pour que les bienséances relatives à un peuple de l'antiquité soient appréciées d'après ce qui est regardé comme bienséances dans les sociétés de nos jours. Les modifications qui ont dû naître seulement du christianisme sont immenses : et d'ailleurs, même chez un peuple chrétien, en le considérant à deux époques séparées par quelques siècles, les différences que l'on remarque à cet égard sont telles, que les pièces les plus libres d'un poète grec ne doivent pas, certes, nous sembler inexplicables. Il nous suffit de songer à des productions littéraires de notre propre nation, où les lois de la décence sont violées pour nous de la manière la plus choquante, et qui faisaient néanmoins un amusement ordinaire chez nos aïeux.

Mais qu'un peuple qui honore les Dieux, qui punit avec la dernière rigueur ceux qui sont convaincus ou même soupçonnés de nier leur existence et de profaner leurs mystères, prenne plaisir à les outrager, et cela, au milieu même des fêtes célébrées en leur honneur, c'est quelque chose de trop contraire à notre nature morale pour être facilement admis. Des contradictions aussi essentielles pourraient se trouver, par exception, comme d'autres bizarreries de la nature humaine, chez des individus, mais jamais chez un peuple entier.

On sait que les Athéniens avaient la prétention de l'emporter sur tous les autres peuples de la Grèce, non seulement par leur gloire militaire et les services qu'ils avaient rendus à la patrie commune, mais encore par la préférence et les faveurs dont leurs ancêtres avaient été les objets de la part des Dieux. Chacune de leurs fêtes était instituée pour célébrer une circonstance qui flattait autant leur amour-propre national que leur sentiment religieux ; car, perpétuer le souvenir des bienfaits signalés qu'ils avaient reçus des immortels, c'était aussi se faire honneur d'un si glorieux patronage. Comme l'histoire religieuse se confondait souvent pour eux avec leur propre histoire, leur foi aux divinités de la patrie et aux traditions qui se conservaient dans le culte se liait intimement à la haute estime d'eux-mêmes qu'ils cherchaient à entretenir chez les autres peuples.

On sait aussi que les solennités pendant lesquelles se donnaient les représentations dramatiques appelaient à Athènes une foule de spectateurs de toutes les parties de la Grèce, et que les étrangers couraient avec d'autant plus d'empressement au théâtre, que ces spectacles étaient inconnus ailleurs. Or, pourrait-on bien comprendre que les Athéniens eussent pris plaisir, en déversant sciemment le mépris et en éveillant des doutes sur les divinités de la patrie, à flétrir eux-mêmes, surtout en présence de leurs rivaux, quelques-unes des fleurs les plus brillantes de leur couronne nationale ?

Quelles qu'aient été les aberrations de l'esprit humain, même chez quelques personnages célèbres par leur intelligence, on ne saurait en admettre d'aussi absurdes dans l'instinct d'une nation, quand il s'agit de sa gloire et de son honneur. Pour apprécier ce qu'a dû être à cet égard la manière de sentir d'un peuple dans quelque siècle, en quelque lieu qu'on le suppose, on n'a qu'à s'interroger sur ce qu'éprouverait, dans la même circonstance, le peuple au milieu duquel on vit soi-même. Le procédé n'est pas moins sûr qu'il n'est facile. Les masses ne se dirigent pas dans leurs sentiments par des subtilités ni par l'esprit de système. Ce qui nous semblerait répugner au sens commun et à la nature pour le peuple français de notre âge, n'est pas plus admissible pour le peuple d'Athènes.

Si, comme on l'a dit, Aristophane eût été regardé comme un athée par ses concitoyens, s'il leur eût semblé insulter aux objets les plus chers de leur vénération et de leur culte, il eût bu la ciguë, comme Prodicus et Socrate, ou bien il eût été forcé de se soustraire au châtiment par la fuite, comme Diagoras et Alcibiade. Il eût d'autant moins échappé à la sévérité des lois, que ses adversaires politiques étaient fort nombreux, et qu'il avait soulevé contre lui, par les attaques les plus directes et les plus violentes, la haine des démagogues en faveur. Ceux-ci n'auraient pas manqué, pour se venger de griefs personnels, d'appeler à leur aide le zèle religieux de la multitude, et de poursuivre devant les tribunaux leur ennemi, comme ennemi des immortels.

Ce n'est donc point dans cette première explication que nous trouverons une solution de la difficulté signalée. Nous n'admettons point qu'un peuple éminemment religieux se soit fait un jeu d'insulter aux objets de son culte, ni que les poètes comiques eussent pu, non seulement avec impunité, mais encore aux applaudissements de la nation, se rendre coupables d'un crime qui, pour tous les autres citoyens, eût eu les conséquences les plus terribles. Nous croirons plutôt que, si, dans l'opinion de ses concitoyens, Aristophane s'était montré une seule fois sur le théâtre d'Athènes, en présence de vingt ou trente mille spectateurs de toutes les parties de la Grèce, comme un athée, comme un impie, le châtiment eût été d'autant plus sévère, qu'alors le scandale aurait été immense.

On a cru pouvoir expliquer d'une autre manière la difficulté qui nous occupe : on a dit que les Païens distinguaient la religion elle-même des fables relatives aux Dieux ; qu'ainsi le respect pour les Dieux restait sauf, aux yeux du peuple d'Athènes, tandis que les circonstances mythologiques de la vie des Dieux pouvaient être des objets de ridicule. Mais, si l'on examine avec un peu de soin la valeur de cette nouvelle hypothèse, il est probable qu'elle ne paraîtra pas mieux fondée que la précédente.

Quelques esprits supérieurs de l'antiquité païenne ont pu faire une distinction semblable entre l'essence de la religion et la mythologie ; mais rien ne prouve le moins du monde que cette distinction existât pour la masse du peuple. Bien plus, le contraire est établi, de la manière la plus formelle, par les lois positives qui gouvernaient les Athéniens, par la nature des fêtes qu'ils célébraient en l'honneur des Dieux, par l'ensemble des productions de leurs poètes et de leurs historiens, par les discours de leurs orateurs, en un mot, par tout ce qui nous offre des monuments de la vie réelle dans la société grecque, au moins jusqu'à des temps bien postérieurs à l'ancienne comédie.

Une telle explication supposerait, contre l'évidence, que les Grecs du temps d'Aristophane étaient bien plus judicieux, en fait de religion, que ne le sont les peuples modernes. Quoique le spiritualisme soit un caractère essentiel de la religion chrétienne, et que les enseignements les plus communs et les plus formels de cette religion, sur la nature et les attributs de la Divinité, l'emportent sur les notions qu'en avaient les sages de la Grèce, nous voyons autour de nous avec quelle peine on déracine dans les masses, quant aux croyances religieuses, les idées les plus grossières, et quelle est la tendance des hommes peu éclairés à tout matérialiser, et à prêter aux purs esprits leur mode d'existence et leurs passions, même celles qui sont déjà une dégradation dans l'humanité. Comment donc admettre, quelles qu'aient été les premières origines, quelle qu'ait été la signification première du polythéisme et de la mythologie des Grecs, que la foule, chez les Athéniens, n'ait vu dans sa religion que des symboles, surtout quand il n'y avait pas en Grèce le moindre enseignement public qui éveillât une semblable idée, quand tout conspirait, au contraire, pour que l'histoire religieuse fût prise à la lettre? Par quel prodige (car ce serait véritablement un prodige), lorsque rien ne contrariait chez les Grecs le penchant naturel des hommes pour la divinisation de la nature physique et les superstitions, le peuple d'Athènes se serait-il sans cesse élevé à des idées religieuses d'un ordre supérieur, dont on ne reconnaît les traces que chez un petit nombre de ses philosophes; tandis que, dans notre siècle, malgré les lumières du christianisme et des prédications incessantes, l'esprit a tant à lutter contre la matière, et que souvent les racines de la superstition ne sont arrachées du sol, qu'en entraînant avec elles quelques-unes des croyances les plus respectables et les plus précieuses?

Les Grecs, sans doute, ont montré, sous quelques rapports, une excellence non contestée; mais il faut bien remarquer que ce n'est guère que dans les arts de l'imagination et dans ce qui suppose bien moins une raison forte qu'une sensibilité vive et exquise. Parce que les Athéniens du siècle de Périclès ont produit d'admirables chefs-d'œuvre, il ne faut pas oublier qu'en fait de pratiques superstitieuses, ils s'abaissaient au moins au niveau des autres peuples : on ne rencontre rien de plus absurde à cet égard dans les classes les plus ignorantes de notre société. Lorsqu'on sait que chez eux on croyait généralement aux oracles, aux songes, aux présages de toutes sortes; que les devins y étaient des personnages publics, entourés de la plus haute considération, et que leurs prédictions décidaient les actes les plus importants de la république comme ceux de la vie privée, on se demande comment on a pu si gratuitement leur faire honneur, en religion, d'une sagacité vraiment merveilleuse.

Rien n'établit que, dans les mystères d'Eleusis eux-mêmes, il y eût un enseignement qui apprît à regarder comme des fables les opinions admises dans le culte public. Si un tel enseignement eût accompagné les cérémonies de l'initiation, le grand nombre de ceux qui, dans la Grèce, et surtout dans l'Attique, étaient initiés à ces mystères, aurait bientôt fait prévaloir, dans les habitudes religieuses, les idées reçues de l'hiérophante : car les initiés formaient la majorité dans le peuple d'Athènes : on voulait généralement participer aux mystères avant sa mort, afin de jouir dans l'autre vie de la félicité promise aux initiés.

Au lieu de penser que des notions plus pures sur la Divinité et le rejet de quelques-unes des croyances vulgaires fussent pour ceux-ci le résultat des révélations qui leur étaient faites à Eleusis, il est vraisemblable qu'ils en revenaient seulement avec une ferveur religieuse plus grande, et peut-être l'obligation d'accomplir certaines pratiques de surérogation, comme nous voyons s'en imposer les membres des confrairies de nos jours.

Nous n'avons pas la moindre donnée d'où l'on puisse inférer que les prêtres d'Athènes aient jamais indiqué, ou seulement insinué, une distinction à faire entre la religion véritable et la mythologie. Une telle doctrine eût été bien évidemment tout-à-fait contraire à leurs intérêts. Ce qui est bien plus à croire, c'est qu'ils ont lutté de tous leurs efforts pour la conservation de croyances, de pratiques, de superstitions, sur lesquelles reposait toute l'importance de leur ministère.

Ce n'est que dans l'ecole d'Alexandrie que commencèrent à acquérir une certaine publicité les opinions des philosophes qui distinguaient la religion des fables. Ce n'est que plus tard encore, lors des attaques dirigées par les Pères du christianisme contre la religion établie, que les défenseurs du paganisme mirent en avant ces distinctions et les proclamèrent, pour sauver à leur croyance le reproche d'absurdité, et qu'ainsi elles purent véritablement se répandre dans le peuple.

Si le sacerdoce eût fait en Grèce, comme en Egypte, du temps d'Aristophane, une caste à part et puissante; qu'il y eût eu un double enseignement religieux, l'un pour les masses ignorantes, l'autre pour l'élite des citoyens, qui eût été l'expression des opinions et de la foi du corps sacerdotal, et que les prêtres eussent été juges dans les procès intentés pour impiété, on pourrait comprendre comment, tout en punissant sévèrement ce qui aurait été contraire à leur doctrine ésotérique, les prêtres se seraient montrés tolérans pour des plaisanteries qui auraient porté sur des choses assez indifférentes à leurs yeux : mais il n'en était pas ainsi; l'enseignement religieux était le même pour tous les citoyens; Socrate était puni de mort pour avoir insulté les mêmes Dieux que ceux dont Aristophane faisait des objets de ridicule, et Socrate était jugé par ce même peuple qui applaudissait aux compositions du poète: c'était bien alors être jugé par le peuple, lorsque la sentence émanait d'un tribunal composé de mille citoyens désignés par le sort.

Ainsi, des deux explications que nous venons d'examiner sur la question présente, la première répugne à une loi de notre nature morale, et conséquemment ne peut être admise, surtout lorsqu'il s'agit de la manière de sentir et de juger d'un peuple entier; l'autre est contraire à toutes les données que nous fournit l'histoire, et à toutes les raisons qui naissent de l'induction, relativement à l'état social et religieux de la Grèce au temps d'Aristophane. Il nous faut donc chercher ailleurs les moyens de concilier les irrévérences excessives de l'ancienne comédie grecque envers les divinités du pays, avec les applaudissements que le poète recevait d'un peuple religieux.

Ce qui souvent étonne, lorsqu'on fait une étude un peu sérieuse de l'antiquité, c'est d'y rencontrer des faits qui offrent avec d'autres plus voisins de nous des analogies frappantes, lesquelles pourtant ne semblent pas avoir été jusques-là remarquées. Il résulte de cette absence de rapprochement et de comparaison entre des faits semblables, qu'on est privé de l'avantage d'apprécier ou expliquer les uns par les données qui seraient fournies par les autres. De là des difficultés qui paraissent inextricables et tant d'hypothèses hasardées; tandis que la considération des rapports qui subsistent entre les faits anciens et ceux qui nous sont mieux connus peut conduire naturellement à une solution satisfaisante. Cette remarque trouvera peut-être en ce moment son application tout entière.

Dans l'histoire de notre nation et de notre théâtre, nous rencontrons une époque qui offre précisément les mêmes circonstances, et, par suite, la même difficulté à résoudre, que ce qui vient d'être signalé relativement aux Grecs.

Au moyen âge, et jusqu'à des temps assez rapprochés de nous, on voit des drames nombreux dont les sujets et les personnages sont fréquemment empruntés à la religion du pays, et qui parfois même étaient représentés dans les églises, surtout au temps des fêtes solennelles.

Souvent aussi les situations où les auteurs placent leurs héros et les discours qu'ils leur font tenir nous choquent par une irrévérence et une grossièreté vraiment étranges. Ce qu'il y a de plus sacré dans la religion chrétienne y devient parfois un objet de ridicule et de plaisanteries tellement indécentes qu'elles nous semblent impies.

Cependant c'était au milieu d'une société où les idées religieuses régnaient en souveraines, et qui, pour punir les crimes de sacrilége et d'impiété, éleva plus de bûchers qu'il n'y eut jamais de coupes de ciguë préparées à Athènes.

Qui pourrait n'être pas frappé de ce concours de tant de circonstances semblables, en rapprochant l'ancienne comédie grecque des *miracles*, des *mystères* (1)

(1) Les sujets des *miracles* étaient empruntés aux légendes; ceux des *mystères*, à l'Ancien et au Nouveau Testament. Les *miracles* semblent avoir précédé les *mystères*. Il est digne de remarque que c'est à la Normandie que l'on doit les premières productions dra-

et des autres drames du moyen âge? Avec une si grande analogie dans les faits, il est bien permis d'espérer une solution commune; car *l'homme partout est l'homme*, et si les mêmes causes amènent partout dans l'humanité les mêmes effets, les mêmes effets doivent aussi trouver leur explication dans des causes analogues.

Mais il est une précaution indispensable pour n'être pas exposés à une fausse appréciation des hommes et des choses, dans ce qui appartient à des époques et à des peuples éloignés de nous; c'est de ne pas les voir seulement de notre point de vue, à nous, Français du XIXe. siècle. Il est nécessaire que nous nous transportions de toute la force de notre imagination au milieu de la société dont nous voulons juger les actes: il faut, pour ainsi dire, que nous en devenions membres, en nous pénétrant de ses opinions, de ses croyances, de ses préjugés, de ses affections, en faisant abstraction, aussi complètement qu'il est en nous, de toutes les idées, de tous les sentiments qui tiennent à notre vie individuelle ou à notre état social.

Avec cette disposition préalable, assistons par la pensée aux représentations dramatiques de nos aïeux, et demandons-nous s'il y avait vraiment de l'impiété dans les plaisanteries qui portaient sur les plus saints personnages et sur Dieu lui-même.

Nous y trouverons de l'irrévérence, de l'indécence, une excessive indécence, mais non pas de l'impiété.

matiques de notre littérature nationale. Des *miracles* y étaient représentés dès le commencement du XIIe. siècle. C'est un poète normand, Geffroy, qui importa ces spectacles en Angleterre, où ils se maintinrent long-temps avec la plus grande faveur.

L'impiété suppose l'intention d'exprimer son mépris pour les objets du culte et de le faire partager aux autres, ou l'intention au moins d'insulter à leur foi : or, est-il vrai qu'il y eût quelque chose de ce genre, soit chez les auteurs, soit chez les spectateurs, lors de la représentation des Miracles et des Mystères ? Non, sans doute ; c'est trop contraire à ce que nous savons de plus positif sur l'état de la société française à cette époque. Il y avait alors, à la vérité, dans les mœurs, une licence et une grossièreté dont aucune classe n'était exempte : les croyances et les pratiques religieuses de la masse étaient mêlées de superstitions indignes de l'Evangile, et souvent, au nom de la religion, se faisaient nombre de choses dont la religion avait elle-même à gémir ; mais ni les auteurs ni les spectateurs des drames du moyen âge n'avaient, à ces spectacles, la moindre idée de l'offenser. Aucun ne voyait dans les plaisanteries qui nous semblent les plus audacieuses une négation de la Divinité ni d'une seule des croyances essentielles enseignées par l'Eglise. Partout la foi était robuste : loin qu'elle eût encore reçu la moindre atteinte dans le peuple, l'idée que l'on pût douter, à moins que d'être païen, n'y était pas même entrée dans les esprits.

C'est parce qu'il en était ainsi, c'est parce que le ridicule n'avait pas encore été employé comme une arme pour détruire, que le clergé riait des plaisanteries de la scène avec la même effusion que le reste du peuple. Ce qui nous apparaît maintenant comme irreligieux, comme impie, à nous pour lesquels les associations d'idées sont plus nombreuses et autrement variées, n'était alors qu'un divertissement public exempt de tout scandale.

Et en effet, pour que les plaisanteries dont il est question parussent impies aux spectateurs, il aurait fallu qu'ils aperçussent, dans les situations et dans les discours qui leur prêtaient à rire, des conséquences à en tirer contre la foi ; mais, pour que les esprits arrivent au point de tirer ces conséquences, il y a des conditions que n'offre pas un peuple à toute période de son histoire.

Il faut que le sentiment des bienséances y soit porté à un certain degré de délicatesse, et que les idées que l'on s'y forme des personnages divins soient assez perfectionées, pour qu'au jugement du spectateur, il y ait incompatibilité choquante entre le rôle qui leur convient et celui qui leur est prêté par le poète.

Il faut encore que les fondements de la foi aient été auparavant sérieusement attaqués, que le doute ait commencé à se répandre, non pas seulement chez quelques hommes, mais dans la foule; et que les plaisanteries du théâtre, se liant aux arguments sérieux déjà connus, les rappellent à la pensée, ou même en semblent une reproduction sous une autre forme.

Moins ces conditions seront remplies, moins aussi sera grande la susceptibilité quant aux plaisanteries dont la religion sera l'objet. Au contraire, dans un temps où, par suite des progrès de l'esprit humain, la perception des rapports sera devenue plus large, plus subtile et plus prompte, si déjà les croyances religieuses ont été combattues avec des armes de tout genre, et que le ridicule ait été employé mille fois comme un argument contre elles, alors tout sera suspect : le moindre mot présentant un sens équivoque sera considéré comme une attaque ; la plaisanterie deviendra dérision, raillerie amère ; l'intention innocente ne se supposera plus, sinon entre personnes réciproquement convaincues de la solidité de leur foi ; il arrivera même que ce qui autrefois a été dit et représenté devant un peuple, avec édification, ou au moins sans éveiller aucune idée contraire aux croyances, ne pourra plus être reproduit, qu'en excitant un certain malaise et souvent aussi l'indignation chez les fidèles.

Il n'y a, du reste, dans ces effets si différents, selon les associations d'idées qui se forment, rien autre chose que ce qui s'éprouve chaque jour dans la vie commune. La plaisanterie se tolère, et peut amuser même celui-là qui en est l'objet, tant qu'aucune intention sérieuse et maligne n'y saurait être supposée, tant que rien n'a été dit qui puisse paraître vraisemblable et se croire ; mais si elle atteint ce qui véritablement prête au blâme ou au ridicule ; si seulement elle offre l'apparence d'une critique justifiée par la réalité, alors ses traits sont empoisonnés, et le rire qu'elle fait naître en présence de celui qui en est frappé rend plus vive encore sa blessure.

On voit maintenant comment il faut résoudre la question relative au théâtre d'Athènes. Ce qui vient d'être dit de nos aïeux s'applique mot pour mot aux Athéniens contemporains d'Aristophane. C'est parce que chez eux les croyances religieuses étaient entières, que les Athéniens pouvaient sans impiété se livrer sur le compte des Dieux à des plaisanteries qui nous ont semblé sacriléges ; c'est parce que les autels n'étaient pas menacés, que ces plaisanteries étaient tolérées comme innocentes. Quand le peuple avait ri à la représentation des *Grenouilles*, des *Oiseaux* et du *Plutus*, il ne se pressait pas avec moins de ferveur dans les temples ; Bacchus était toujours le Dieu des Lénéennes et des Dionysiaques ; Jupiter était toujours l'Olympien, objet de l'adoration publique.

Il y avait bien, sans doute, çà et là, parmi les spectateurs de l'ancienne comédie grecque, comme dans le moyen âge, quelques incrédules qui voyaient dans certaines plaisanteries autre chose que ce qu'y apercevait le poète lui-même, et dont le sourire était moins innocent que celui de la foule ; mais l'opinion générale était trop fortement établie pour qu'il n'y eût pas du danger pour eux à la fronder par leur conduite ou par leurs réflexions (1).

(1) L'existence des hérésiarques, qui troublaient de temps en temps la paix de l'Eglise catholique, n'infirme en rien ce qui vient d'être dit. Le succès même qu'auraient eu leurs prédications serait une preuve de la ferveur des croyances. On ne discute, en effet, avec la chaleur du prosélytisme ; on ne brave des dangers de tout genre pour la propagation de ses opinions, et les peuples ne se soulévent pour ou contre les novateurs, que dans les temps d'une foi vive. Et d'ailleurs, tant que les points de fait n'étaient pas contestés, et que les plaisanteries ne portaient encore que sur des circonstances admises également par tous, il n'y avait pas de raison pour qu'il en résultât du scandale. Ce fut pendant la lutte du protestantisme que commencèrent à devenir plus timides nos poètes dramatiques. Les représentations des miracles et des mystères cessèrent même entièrement dans les localités où les réformés firent sentir leur présence. Ce n'est que dans les provinces où les idées nouvelles n'avaient pas

Ainsi, loin de nous étonner de ce qui nous a frappés d'abord dans les comédies d'Aristophane, quant au rôle qu'y jouent souvent les Dieux; loin d'y voir quelque chose d'inconciliable avec le caractère religieux des Athéniens et les peines infligées par eux, pour crime d'impiété, à quelques hommes célèbres, c'est précisément la foi intacte et fervente de ce peuple qui nous expliquera comment il pouvait tout à la fois rire des situations comiques où les poètes plaçaient les Dieux et faire boire de la ciguë à ceux qu'il soupçonnait de nier les Dieux.

Les rapports que nous pourrions reconnaître entre la société grecque et la société française, sous le point de vue qui nous occupe, ne s'arrêteraient pas aux époques de la vieille comédie athénienne et de nos mystères.

Dans le XVIIIe. siècle, on rajeunissait contre le christianisme des plaisanteries qui avaient fait rire, mais qui n'avaient pas scandalisé nos aïeux : la même chose était arrivée, quelques siècles après Aristophane, au milieu du paganisme. Un écrivain, que l'on pourrait appeler le Voltaire de la philosophie grecque, nous offre des scènes tout-à-fait dans le genre de la vieille comédie, mais dont le but est bien différent de celui du poète.

pénétré parmi les masses, que le clergé put tolérer sans inconvénient des spectacles de ce genre : et pourtant quelle différence entre les idées religieuses que proclamait la réforme et celles que devait répandre la philosophie du XVIIIe. siècle !

C'était sous les Antonins. La religion des Grecs et des Romains avait atteint l'époque de sa décadence. Jupiter était encore au Capitole le Dieu officiel de l'Empire; mais on avait commencé à examiner ses titres à la divinité. Les penseurs le niaient. Il n'avait plus guère pour lui que la force de l'habitude et les profondes racines par lesquelles une religion, quelle qu'elle soit, tient toujours fort long-temps à un peuple chez lequel elle a vécu des siècles avec honneur. Le christianisme naissant faisait mieux ressortir encore à sa lumière ce qu'il y avait d'absurde dans le culte et les superstitions antiques.

Quoique Lucien ne fût pas un juste appréciateur du christianisme, et qu'au contraire quelques-unes de ses compositions soient fort injurieuses à la religion nouvelle, il lui tardait de voir tomber de l'Olympe Jupiter et son cortège. Ce que se permettait Aristophane pour amuser le peuple, Lucien le fit pour tourner en dérision ses croyances et pour les détruire. Aussi dut-il exciter une indignation profonde chez ceux qui étaient encore restés fidèles aux anciens Dieux, tandis que le sourire de l'incrédulité attestait chez les autres avec quelle justesse frappait dans ses mains l'arme du ridicule.

Cette différence que nous signalons, dans les intentions, entre le poète et le philosophe, deviendra manifeste, si on les rapproche l'un de l'autre, surtout dans certains passages où le fonds des idées est à peu près le même.

Dans le *Plutus,* par exemple, Aristophane représente Mercure, mourant de faim dans l'Olympe, trop heureux de se faire valet chez les mortels, pour avoir à manger : c'est bien moins un Dieu que la parodie d'un Dieu, qu'il offre aux spectateurs. La scène qui suit, où figure le prêtre de Jupiter, n'est pas plus édifiante. On se souvient encore du rôle de Bacchus dans *les Grenouilles:* il est difficile de faire descendre plus bas une divinité, d'en faire plus complètement un objet de ridicule. Cependant, en y regardant de près, on verra, dans les scènes que nous indiquons, ainsi que dans les drames du moyen âge, plutôt de l'irrévérence que de l'impiété. Le poète y joue avec des Dieux amis ; il ne s'y joue pas des Dieux.

Ouvrons maintenant Lucien : lisons le dialogue intitulé *Timon* (qui offre des rapprochements de plus d'un genre à faire avec le Plutus) : écoutons ensuite, dans *Mercure et Maïa*, le fils de Jupiter, mécontent de son état, et s'en plaignant à sa mère : écoutons encore Momus, dans *l'Assemblée des Dieux*. Nous verrons que, si Aristophane fait rire aux dépens des habitants du ciel, comme on s'égaie parfois aux dépens de personnes que l'on estime et que l'on aime, Lucien tourne en dérision les idées reçues dans la religion et la religion elle-même ; que, si le poète commet des irrévérences, lesquelles sont innocentes dans ses intentions, le philosophe a un autre but que d'exciter la gaieté, et que, par le ridicule, il veut saper les croyances et détrôner les Dieux.

S'il était nécessaire d'ajouter quelque chose à ce qui précède pour faire comprendre le véritable sens des plaisanteries d'Aristophane, nous appellerions l'attention des lecteurs sur la comédie des *Nuées*. Quand on l'aura lue, en n'y voyant que ce qui s'y trouve en effet, sans se préoccuper de toutes les dissertations des savants sur cette pièce, on ne saura guère s'expliquer comment les modernes ont pu accuser le poète d'impiété et d'athéisme. Ce sera, nous le croyons, un nouvel argument bien puissant en faveur de l'opinion que nous avons exprimée.

Nous n'examinerons pas en ce moment si c'était réellement sans aucune apparence de raison que le poète comique choisissait Socrate comme le représentant des sophistes, de ces prétendus sages dont les enseignements n'avaient pour résultat, selon Aristophane, que de ruiner les anciennes mœurs et les vertus civiques, en même temps que la religion d'Athènes. Nous ne voulons ici que constater un fait; c'est que l'impiété et l'immoralité des nouveaux philosophes est évidemment l'objet de la comédie des Nuées, et que le poète, non seulement les y attaque avec l'arme du ridicule, mais encore les signale, comme immoraux et comme impies, à l'animadversion des spectateurs. Du reste, on l'a si bien senti, que, depuis Elien jusqu'à nos jours, l'auteur des Nuées a été souvent accusé d'être le principal auteur de la mort de Socrate.

Au lieu donc du reproche d'athéisme et de mépris des Dieux, Aristophane pourrait paraître, avec moins d'invraisemblance, en mériter un autre, auprès de ceux qui honorent Socrate comme un sage, victime du fanatisme et de la calomnie, c'est-à-dire, celui de s'être montré comme un dévot haineux, acharné contre toute idée nouvelle en religion, ou bien encore d'avoir abusé d'un prétexte sacré, pour appeler sur un ennemi la malveillance de la multitude (1).

En général, Aristophane a été fort mal apprécié, aussi bien sous le rapport moral, que sous le point de vue religieux. On a été choqué de ce qu'il y avait de grossier et d'indécent dans ses comédies, et l'on n'a pas tenu compte du but qu'il se proposait ni des dispositions des spectateurs. Encore une fois, la grossièreté des expressions, l'indécence et l'inconvenance de toute nature sont choses relatives, qu'il faut juger chez le poète d'après les mœurs et les idées des Athéniens de son siècle, et non pas d'après les nôtres. C'est par ses intentions que nous devons juger de sa moralité : or, jusque dans ses compositions que nous serions le plus portés à traiter avec sévérité, à cause de leur indécence, le but moral d'Aristophane est assez évident. Dans *les Grenouilles*, par exemple, ce qu'il attaque avec le plus de vigueur en critiquant Euripide, c'est l'immoralité des personnages du poète tragique ; ce sont ses Phèdres, ses Sthénobées, etc., avec leurs maximes subversives du devoir : en sorte que, malgré des formes que ne sauraient admettre les sociétés mo-

(1) Ce n'est pas pourtant ainsi que nous jugerions nous-mêmes le poète comique : l'opinion qui nous semble la plus probable, c'est que, lorsqu'Aristophane fit représenter les *Nuées* la première fois, 24 ans environ avant la mort de Socrate, on pouvait assez naturellement, à cette époque de la vie du philosophe, le confondre avec les autres sophistes, dont il avait toutes les habitudes extérieures. Quoi qu'il en soit, l'idée dominante des *Nuées* respire bien plutôt le zèle d'un croyant, qu'aucune des autres pièces du même poète, si elles sont lues avec une attention judicieuse, n'annonce un incrédule.

dernes, il est vrai de dire, quelque paradoxale que puisse paraître cette assertion à ceux qui n'ont qu'une connaissance superficielle d'Aristophane, qu'il se montre constamment le défenseur de la morale publique, de même que ceux qu'il présentait le plus souvent comme y portant les plus dangereuses atteintes étaient les mêmes hommes qu'il accusait aussi de mépriser les Dieux de la patrie.

(*Extrait des Mémoires de l'Académie*).

Pour copie conforme :

TRAVERS, Secrétaire.

www.ingramcontent.com/pod-product-compliance
Ingram Content Group UK Ltd.
Pitfield, Milton Keynes, MK11 3LW, UK
UKHW021039260726
13994UKWH00005B/2246

9 782329 324197